MAGGIE MILLNER

Paare

EINE
LIEBESGESCHICHTE

Aus dem amerikanischen Englisch
von Eva Bonné

Klett-Cotta

Klett-Cotta

www.klett-cotta.de

Die Originalausgabe erschien unter dem Titel »Couplets. A Love Story«
im Verlag Farrar, Straus & Giroux, New York.

© 2023 by Maggie Millner

Published by arrangement with Farrar, Straus & Giroux.

Für die deutsche Ausgabe

© 2024 by J. G. Cotta'sche Buchhandlung Nachfolger GmbH,
gegr. 1659, Stuttgart

Alle Rechte vorbehalten

Cover: Anzinger und Rasp Kommunikation GmbH, München
unter Verwendung einer Abbildung von © Chad Little

Gesetzt in den Tropen Studios, Leipzig

Gedruckt und gebunden von CPI – Clausen & Bosse, Leck

ISBN 978-3-608-96612-1

E-Book ISBN 978-3-608-12246-6

FÜR NICK

Mag gut sein, dass ich in schweren Zeiten,
Gelähmt von Schmerz, von Begehren mürbe,
Bestürmt von Wünschen, die meinen Willen verleiten,
Deine Liebe gegen Frieden tauschen würde
Und gegen Essen die Erinnerung an dein Gesicht.
Mag gut sein. Ich glaub es aber nicht.

EDNA ST. VINCENT MILLAY

INHALT

Vorspiel **11**

Erstes Buch **13**

Zweites Buch **39**

Drittes Buch **61**

Viertes Buch **87**

Coda **113**

Anmerkungen **115**

Dank **119**

VORSPIEL

Ich wurde ich selbst.
    Ich wurde ich selbst.

Nein, ich war immer ich.
    Ein Ich, das gibt es nicht.

Ich dachte, ich müsste den Blick
    nie nach innen richten, solange der Blick

auf ihn fiel, den ich liebte.
    Ich irrte mich. Ich liebte

alles, was ich sah.
    Und dann, eines Tages, sah

ich in einen Spiegel. Und er war nirgends
    in dem Spiegel, und sie war überall.

ERSTES BUCH

1.1

Ich komme zu spät, mein Leben lang,
  was ich jedoch ausgleichen kann,

indem ich lache und vorgebe,
  ich wäre immer da gewesen.

Zwei Wochen nach Termin z. B. war ich
  immer noch im Mutterleib, so gar nicht

bereit, und dann war ich plötzlich wild entschlossen,
  kam atemlos herausgeschossen und verbrachte

meine erste Nacht auf Erden in einem Zelt
  mit Sauerstoff, was wohl klarstellt,

woher meine seltsame Ängstlichkeit rührt,
  die (glaubt mein Vater) zu immer neuem Ärger führt.

Mich kann ich meistens gar nicht sehen,
  es sei denn, ich erkenne Parallelen

zu einer anderen Person. Was ich will, erfahre
  ich schon, aber erst, wenn ich es habe,

und mein Verstand erfährt es versetzt.
  Ich habe geliebte Menschen verletzt,

denn selbst mein Begehren trödelt. Ich traf eine Person,
  ohne die ich nicht leben wollte, eine andere ging synchron

verloren, ohne die ich, wie ich glaubte, sterben muss.
  Hätte ich das nur früher gewusst

und so weiter. Einen guten Umgang damit fand ich nie,
  und so war er weg. Statt zu sterben, ging ich in Therapie

und zum Stegosaurus in Uptown, ich schlief anderswo
  und trank literweise Tee. Doch selbst so,

auf dem Weg zur neuen Geliebten, allein im Bus,
  war ich niemals pünktlich, und immer atemlos.

1.2

Sie fand mich in der Winterzeit
    in einer Bar in Bed-Stuy, unweit

von Clinton Hill. Ein platonisches Treffen, zustande gebracht
    durch eine Freundin, die irgendwas mit Medien macht

und meinte, wir würden uns verstehen. Ich war vor ihr da,
    nahm Platz und begann *Middlemarch*, einen Roman,

den ich mein halbes Leben kannte, allein
    nur bis zur Hälfte. Sie kam herein

und sagte: *Ich hab den fünfzehn Mal gelesen, was zur Hölle,*
    ich liebe dieses Buch, und fragte nach meiner Lieblingsstelle.

Ich blickte hinunter, Seite achtundneunzig
    lag aufgeschlagen vor mir auf dem Tisch.

Vielleicht, wie Lydgate Dorothea trifft; diese zentrale
    »geheime Konvergenz menschlicher Schicksale«,

wenn sich Wirkungen, falls man das so nennen kann,
    »des einen Lebens auf ein anderes langsam

anbahnen«, antwortete ich. *Total richtig,*
    sagte sie, und dann sprachen wir über Lyrik,

gemeinsame Freunde und was sie bewegt:
    Uni, Start-up, Scheidung. Ich war zu aufgeregt

und zu vertieft ins Theaterspielen,
    um den wissenden Blick des Schicksals zu fühlen,

das laut Eliot *hohnlächelnd danebenstand,*
    unsere dramatis personae *in der Hand.*

Außerdem war ich liiert, quasi unerreichbar,
    und der Mann mit ihr so vergleichbar

wie Casaubon mit Will. Auf der Heimfahrt in der Bahn
    sah ich mir die Stelle noch einmal an,

markierte das Kapitel, schloss das Buch
    und schwor mir einen letzten Versuch.

1.3

Ich dachte, sie fände mich boring,
    denn sie war queer und Lektorin

und ich eine Dichterin und meine Erfahrung mit
    Frauen gleich null. Abends hatte sie Zutritt

zu schicken Events, wo alle Eckhaus und Givenchy trugen,
    ich hingegen ging in abgeranzte Bars, vor allem wegen

der Gratiskonzerte, oder in noch abgeranztere Bars
    ganz ohne Show. Oder wenigstens sah ich es so.

Sie ging auf Vernissagen und Lesungen, mit anderen Worten
    Kontakte pflegen, oft sogar an Orten,

die ich selbst für einen Drink ausgesucht hätte.
    Aber wenn ich damals das komplette

Stückwerk meines Lebens überblickte, diesen Mix
    aus Unterrichten und Kale, NPR und Sex,

und den Mann, um den es kreiste – ich betete ihn an,
    obwohl er fand, ich hätte viele Jahre vertan –,

fürchtete ich ihre Ablehnung. (Ich dachte immerhin,
   wenn ich ihn und meine Freunde sah: *Wie schlimm*

kann dein Leben schon sein, wenn solche Menschen um dich sind?
   Loyal, pragmatisch, rücksichtsvoll, bestimmt ...)

Der Unterschied war, ich kannte diese Leute,
   ich kannte mein Leben, während ihres neu

und anders schien. Ich habe es mir vorgestellt
   wie hinter einer glänzenden Tür, eine Welt,

wo alle Couture-Sportklamotten trugen und
   pausenlos vapten. Die Stäbchen blinkten bunt

oder weiß wie winzige Pager, ich hasste die Luft,
   die herauskam, und auch den Geruch

nach Putzmittel und Nadelbäumen.
   Trotzdem war es faszinierend. Ich fing an zu träumen

und sah in den Kartuschen winzige Personen,
   die in den E-Zigaretten wohnen

und sich beeilen, bei jedem Zug das Licht einzuschalten
   und das Feuer zu entfachen. *Kaum durchzuhalten.*

Die komplizierte Zigarettenreverie
    war nicht viel anders als meine Theorie

von ihrem Leben, das – wir hatten noch keine Bindung –
    wundersam unecht war, eine komplette Erfindung.

Durch den Nebel der Verehrung zu ihr vorzudringen
    dauerte Monate. Ich fürchtete, vor allen Dingen,

sie könnte den Fetisch durchschauen,
    mein Anderssein sehen und einfach abhauen.

1.4

Das Lied war vorbei, aber die Platte drehte sich weiter. Durch den eingetopften Farn sickerte heiteres Rosélicht. *Was*, hast du dich sagen hören, *was, wenn du es mir erlaubst?* Dein Freund seufzte. Zu euren Füßen wetzte der Kater seine Krallen am Sofa, das ihm als Kratzbaum diente. Platz war damals kostbar; ständig musstet ihr neue Wege finden, eure wenigen Besitztümer zu verstauen. Die räumliche Enge habt ihr euch als Ansporn zum Minimalismus schöngeredet, aber ihr wart froh darüber, dass die Wohnung so billig war und der Blick auf den kleinen, am Hang gelegenen Park ganz wunderbar. Vom höchsten Punkt konnte man zuschauen, wie die Sonne abends dann in Lady Libertys Fackel fiel. Die Zimmer waren klein, die Einrichtung darin erinnerte an eure Wohnung in Kalifornien, damals nach dem College, als ihr von Toast und Tiefkühlkost gelebt habt. Seinerzeit fühlte es sich an, als würde rein gar nichts passieren, doch inzwischen erscheint dir alles, was später kam, wie ein Nachspiel. Die Träume beispielsweise, die nach eurer Rückkehr an die Ostküste angefangen hatten, Träume so lebensecht und vulgär wie Pornografie aus einem anderen Leben. In einem wurdest du von einer Gruppe älterer Frauen verführt, sie haben dich in einem türkischen Spa zu Boden gedrückt und von Kopf bis Fuß abgeleckt. In einem anderen hast du dich mit einer Collegefreundin in den begehbaren Kleiderschrank ihres Wohnheimzimmers zurückgezogen, um dich beim Tribbing multiplen Orgasmen hinzugeben, und ihr trugt nichts als Eulenmasken. Der Traum wurde zu deinem zweiten Leben, zu einem geheimen Ort, an den du täglich gehen konntest. Dein Freund hob sich den Kater auf den Schoß. *Was genau,* fragte er, *soll ich dir denn erlauben?*

Du hast an ihm vorbeigesehen, zum beschlagenen Fenster hinaus. *Frauen.*

1.5

Ich wollte also mit Frauen schlafen. Erst waren wir uns einig
   Wenn das die eine Sache ist, die du vermeintlich

brauchst, sagte er, *bin ich dir mitnichten*
   im Weg. Doch dann bat er mich zu verzichten.

Nur meine Gedanken holte er nicht mehr ein –
   Dammbruch, Schleusen usw. Mag sein,

dass mein Schwur – *nie wieder* – an sich schon
   ein viel zu großes Potenzial der Subversion

barg, etablierte er doch eine Regel, die sich
   nun brechen ließ. In der Schule bekam ich

einmal einen Verweis, ich hatte eine Entschuldigung
   gefälscht und dann den Unterricht geschwänzt, um

mit einem Jungen rumzumachen, über den ich wenig wusste
   und der die noch nicht recht vorhandenen Brüste

unter meinem Shirt anfasste. Ich kann mich erinnern,
   wie beschämt meine Eltern waren, wie finster ihre Mienen

der Rausch der Übertretung war zunichte gemacht.
   Im Nachhinein hege ich manchmal den Verdacht,

dass der Reiz des Ganzen
    im Fehlverhalten lag (schwänzen,

fälschen), dem *eigentlichen* Sex. Dass meine Lust
    dem Wunsch entsprang, gemeinsam und bewusst

Grenzen zu verletzen, einem Zwang zu erliegen.
    Eine Wahrheit zu teilen und dabei zu lügen.

1.6

Eigentlich wolltest du dich kein zweites Mal mit ihr treffen. Aber als sie dich eines Freitagabends auf einen Drink einlud, bist du hingegangen, weil du herausfinden wolltest, ob dein Verlangen sich inzwischen vielleicht gelegt, sich sozusagen von allein erledigt hatte, wie es viele starke, der Fantasie und dem Instinkt entsprungene Gefühle tun, sobald sie ins kühle Licht der gelebten Konsequenzen hinausgezerrt werden. Aber dann ging alles von vorne los – bei ihrem Anblick warst du so aufgelöst, als hätte sie dich beim Weinen erwischt. Dein Magen war kurz davor, die Reihenfolge der Abläufe zu hinterfragen. Ihr saßt über Eck in dem schummrigen Laden, erst haben sich eure Knie berührt, dann die Hüften, die Schultern. Als der Laden endlich schloss, saßt du fast auf ihrem Schoß. Sie hat dich gefragt, ob du dir vielleicht ein Taxi mit ihr teilen möchtest, und du hast ja gesagt; ob du sie an die Haustür begleitest: ja; ob du noch mit raufkommst: ja; ob du dich in ihr Bett legst: ja; ob du dich der Länge nach an sie schmiegst: ja; sie hat dich gebeten, mit ihr einzuschlafen: ja; nach dem Aufwachen noch zu warten, bis der Kaffee fertig war: ja; sie auf den Mund zu küssen: ja; noch einmal, mit Zunge: ja; dich berühren zu lassen, nur ganz kurz, weil sie nachschauen wollte, ob du wirklich so nass warst, wie du behauptet hast: ja; deinen BH aufzuhaken: ja; dich unter dem Laken an ihr zu reiben, bis du kommst: ja; ihr das erotische Gedicht vorzulesen, das immer einer deiner Favoriten gewesen war: ja; deine Hose auszuziehen: ja; dich lecken zu lassen: ja; noch einmal zu kommen, diesmal in ihrem Mund: ja; vorsichtig in sie einzudringen: ja; später aus dem Bett zu springen: ja; und Pizza aus dem Laden an der Ecke zu holen: ja; die Pizza draußen auf dem verschneiten Gehweg zu essen: ja; eine weitere Nacht bei ihr zu verbringen: ja; die Treppe zu ihrer Wohnung hochzusteigen: ja;

bis Sonnenaufgang zu bleiben: ja.

1.7

Wenn ich mit ihr zusammen war, schien meine
  körperliche Lust – der *kleine*

Tod – die lästige Frage aufzuheben,
  ob mein physisches Erleben

auf ein klar umgrenztes Ich, ein Ganzes
  deutete. In jenen Tagen war ich etwas anderes:

ein weiches Nichts. Ein leeres Archiv.
  Ohne Schuld. Ohne Alter. Ohne Adjektiv.

1.8

Hin und wieder hattest du die Absicht, es noch weiter zu treiben und den Bericht in der zweiten Person zu schreiben, dichter dran am Geist jener Zeit. Du hattest nicht mehr den Eindruck, dass Erfahrungen in erster Linie dem Individuum gehören; sie werden durch Mächte jenseits des Persönlichen angestoßen und zählen erst als Kunst, wenn sie in veränderter Form Dritten zugänglich gemacht werden. Das Problem war nur, dass du ein Teil der Erfahrung warst, und so hast du dich weder ganz herausgenommen noch den Rahmen weggelassen oder dich vom mythisch-grammatischen Singular gelöst. Doch es gab Spiegel, und es gab Bücher. Damals hast du dich mit Texten getröstet, in denen die Autorin ebenso Objekt wie Subjekt war, eine Idee, die im vorangegangenen Jahr an Renommee hinzugewonnen hatte, ungeachtet der Tatsache, dass sie so alt war wie die Literatur selbst. *Viele Ereignisse in diesem Buch,* sagt Jamaica Kincaid in einem Interview über ihren Roman *Damals, jetzt und überhaupt, weisen Parallelen zu meinem Leben auf. Aber ... mein Alltag ist chaotisch, stinkend und bei näherer Betrachtung fast abstoßend.* Natalia Ginzburg sieht es wohl ähnlich, im Nachwort zu ihrem Memoir bittet sie uns nämlich, es zu lesen wie ein fiktionales Werk: *Auch wenn es aus der Wirklichkeit geschöpft wurde, glaube ich, man sollte es lesen, als wäre es ein Roman; das heißt, man sollte weder mehr noch weniger von ihm verlangen, als ein Roman geben kann.* Dass die Leute heute anders lasen, war klar; das Phänomen hatte offenbar etwas mit dem Internet zu tun und mit den Märkten im Allgemeinen, beruhen sie doch in ihrer neuen Form auf dem Handel mit der Abstraktion. Auch das Verhältnis zwischen Schreibenden und ihrem Publikum nahm faktisch eine krasse Wendung und wurde transaktional und didaktisch. Eine besondere Form des Buchstabenglaubens griff um sich. Im besten Fall, dachtest du bei dir, hebelt dieser Glaube den Raum zwischen Erzählung und Wahrheit auf, und die Lücke wird Stück für Stück zu einem riesigen Gemeinplatz erweitert, auf dem jeder leben kann. Wenn du so mit deinen Gedanken spielst, beschleicht dich manchmal das seltsame Gefühl, beide Stimmen eines komplizierten Duetts zu singen, ähnlich wie beim Sex, wenn du dich in die Körperlichkeit hineinbegibst und wieder heraus wie Dampf, der um den Siedepunkt wabert. Die Sprache bot dir eine Möglichkeit des doppelten Seins, und so wurdest du mit der Zeit zwangsläufig zum Objekt. Hin und wieder zuckte ein Bild vor dir auf, das dich in der Außenansicht zeigte und dir für den Bruchteil einer Sekunde erlaubte, so etwas wie Gleichgültigkeit zu fühlen. Nur ein Mensch. Nur ein Pronomen. Nur eine Form, die Welt zu sehen,

weich und warm und bereit, von dir benutzt zu werden.

1.9

Vergeblich versucht, mich von ihr fernzuhalten. Zu J
   oder T gesagt: *Heute ist der Tag, bei Gott,*

jetzt ist Schluss. Nichts Rechtes fühlt sich
   so schmutzig an, nichts Echtes

so flirrend und bissig. Ich musste an *My
   Strange Addiction* denken, eine Doku-Reihe,

die gerade ein Comeback erlebte, trotz
   des viele Jahre währenden Boykotts:

Laster als Teil des Konzepts und die
   totale Ausbeutung des Casts. Reality-TV

schien plötzlich relevant und der
   Alltag zunehmend erfunden, fast quer

zur Zeit. Die Besessenheit hatte mich angesteckt –
   Besessenheit als Thema, unabhängig vom Objekt.

Doch zu sehen, wie Fremde bloßgestellt werden,
   tat weh: Puppen sammeln, Schönheits-OP, Erde

oder Scherben essen. In den Fernsehbildern kein Glück,
   nur Schwäche, Elend und Mief. Dasselbe Stück

unter meiner Regie würde zwanghafte Freuden zeigen
und hieße *Scheiß drauf, ich werde ihr schreiben,*

oder *Alles in Ordnung, du bist nur verliebt,*
oder *Achtundzwanzig in Brooklyn – wie das Leben so spielt.*

1.10

Ich zog meinen Freund sofort ins Vertrauen;
auf meine Verschwiegenheit war nie zu bauen.

Es war der letzte Tropfen, die Trennung nicht zu vermeiden.
Er sagte: *Am Ende wirst du ihretwegen leiden.*

Er sagte nichts Böses, nur allgemeine Sachen
über liebende Frauen und was sie so machen.

1.11

Die Zufälle häuften sich auf absurde Art,
   wie in einem schlechten Roman, den ich mir gespart

hätte. Geschichten zu schematisch,
   um neu erzählt zu werden, zu dramatisch,

wie vom Schicksal geschrieben.
   Zum Beispiel waren er und ich

am Valentinstag in einer Bar, wo sie plötzlich stand.
   Sie kam auf uns zu und gab ihm die Hand,

die gerade noch in meinem Körper
   gewesen war. Oder das Blut, ein heftiger

nächtlicher Schwall
   nach unserem letzten Mal,

für den es keine logische Erklärung gab
   (wie sich zeigte, hatte der Verhütungsstab,

vor zehn Jahren eingesetzt vom Gynäkologen,
   ausgerechnet da den Geist aufgegeben).

Oder wie ich in den Stunden vor der Trennung
   am Kanal spazieren ging

und ein Spatz vom Himmel und dicht
vor meine Füße fiel. Er starb nicht

sofort, sondern lag da, zuckend und halb vernichtet,
das schwarze Körnchen von Auge starr auf mich gerichtet.

Die schlichte Metaphorik des Ganzen. Die Hand, das Blut,
der Vogel, den ich nicht töten konnte, dabei wäre es gut

und richtig gewesen, das Ende vom Leid,
ein Zeichen der Barmherzigkeit.

1.12

Es gibt natürlich viele Wege des Erzählens, teils elegantere,
   doch verschleiert jede der Versionen eine andere,

ebenso wahre. In einer Variante
   belog ich alle, die ich kannte.

Eine andere lautet – und ich glaube das wirklich –,
   dass ich ihn all die Jahre mehr liebte als mich

selbst. Noch heute kann ich die Kacheln unserer Wohnung
   heraufbeschwören, weiße Rauten mit blauer Fassung

und dreckigen Fugen über der Spüle,
   denen ich mit der Zahnbürste zu Leibe rückte,

wenn er arbeiten war. Vier Badematten in acht Jahren,
   und wann immer wir vom Tisch aufgestanden waren,

sprang die Nadel des Plattenspielers. Noch heute
   spüre ich den unsichtbaren Graben, an dessen Breite

wir glaubten und jenseits von dem uns Exil,
   Scheitern und Leid erwarteten, die Anarchie

eines Lebens als Single. Verlust über Verlust.
   Ich erinnere mich, wie ich zwei Mal bewusst

ein Seil hinüberwarf und ihn vermaß. Wie gelähmt
stand ich hüfthoch darin, bevor ich mich beschämt

wieder selbst einfing. Für ihn war der Graben ein Meer
und anscheinend unüberwindbar, für mich eine sehr

tiefe Klamm, die uns jahrelang auf evidente
Weise einschloss – bis sie uns plötzlich trennte.

ZWEITES BUCH

2.1

Anscheinend hatten alle das gleiche Ikea-Bett,
    und sie hatte meine gefesselten Hände an einem Brett

des ihren. Sie mochte *klare Linien* (wie ich erfuhr,
    war ihr erstes Hauptfach Architektur).

Manchmal lag ich, gefesselt oder nicht, wartend da,
    wobei ich in Gedanken den Zusammenbau vor mir sah:

wie sie den Inbusschlüssel gleich einem Keil
    am Gestell ansetzte und dann das Kopfteil

bündig an die Seiten zog. Die hundert glatten
    Zapfen, den Mittelbalken, die getackerten Latten.

Die hölzernen Dübel, nur scheinbar
    zu groß für die Löcher, mit sanfter

Gewalt von ihr eingetrieben. Alles mit Schrauben bestückt.
    Das Fußteil auf Spannung zwischen die Beine gedrückt.

2.2

Als Kind hast du, wenn die Leute von *Zeit totschlagen* redeten, eine Frau in einem Seidenbolero gesehen, die mit einem Dolch auf eine farblose Geleewand einsticht. Genau so hast du dich gefühlt, als ihr die Bettwäsche aufgeteilt habt, das bei eBay gekaufte Besteck und die Bücher: wie eine rachsüchtige Person mit einem Messer in der Hand. Etwas vorsätzlich zu beenden, erschien dir unverzeihlich und euer gemeinsamer Alltag fast schon *lebendig*, wie ein symbiotisches Tier, das ihr gemeinsam aufgezogen hattet, und hier war es nun und zerrte am Strick. Hungrig und fellig sah es euch an, ein Stück weit erinnerte sein Gesicht an das einer Kuh aus Massentierhaltung – weich und unschuldig und voller Fliegen;

man müsste ein Monster sein, so etwas nicht zu lieben.

2.3

Niemand ist gezwungen oder verdammt zu lieben.
  Ereignisse geschehen, wir sind keine Heldinnen,

sie stoßen uns zu wie Autounfälle
  oder Bücher, die uns verändern,

schrieb Adrienne Rich. Völlig richtig.
  Mein Dating-Leben war gar nicht so wichtig,

denn draußen neigte die Welt sich gen Hölle,
  und das nicht nur sinnbildlich. Wir alle:

das Prekariat. Reichere hatten nichts zu verschenken
  und klammerten sich weiter an magisches Denken.

Zur Not ziehen wir eben aufs Land, hörte
  ich sie immer wieder sagen, als störte

es sie kaum und als wäre *Land* ein Ort, der sich durchdesignen
  und plündern ließ. Ich verstand nicht, warum ich weinen

musste, wenn ich oben in meinem Zimmer saß.
  Wahrscheinlich fehlte es mir an Augenmaß:

Ich hatte mein Leben zu einer Geschichte gemacht.
  Die Themen waren Eifersucht und Macht,

Unterwerfung, Ekstase, glückliche Umstände.
  Die einzige Moral war der Druck ihrer Hände,

das stramme Gefühl von Leder am Handgelenk,
  wo Handschellen, ihr Geburtstagsgeschenk,

weiße Rillen und scheinbar auch Narben
  auf meiner Haut hinterließen. Draußen starben

Arten aus. Faschismus war wieder in Mode,
  das zeigte eine beliebige Leseprobe

aus dem Internet. Schwer zu beurteilen war indes,
  wofür man sich schuldig fühlen sollte, also hielt ich es

wie meine katholische Mutter und rundete auf. Entspannt
  fühlte ich mich nur, wenn ich geknebelt und mit Halsband

auf dem Bett lag; jemand sollte mir die Leviten lesen
  und mir sagen, ich sei sehr, sehr unartig gewesen.

2.4

Sie vergnügte sich noch an anderer Stelle
  und glaubte an alternative Beziehungsmodelle,

was bedeutete, dass sie mich weiterhin sah,
  wenn ich mit Polyamorie einverstanden war

und nicht mehr verlangte als meinen kleinen Anteil
  ihrer Zeit. Unsere Dates plante immer sie, weil

der Freitag, wenn ich zu Hause Essays korrigierte,
  ihrer anderen Freundin gehörte.

Der Dienstag und der Samstag gehörten mir.
  Das Ganze war durchdacht und wirklich fair,

wenn auch nicht gerade demokratisch.
  In jener Zeit wurden viele Leute panisch,

das hatte mit Moral zu tun, mit Männern
  und Vorherrschaft, gemeinsamen Nennern

bezüglich *offener Grenzen* und der Frage, was genau
  Belästigung sei. Beim Thema Sex habe ich als Frau

mit starken, auswendig gelernten Meinungen geglänzt;
  dünne Kruste über dem Pfuhl meiner Ambivalenz.

Auf Partys verstummte ich immer mehr
und spießte Oliven auf mein Cocktailschwert.

Manchmal küsste ich sie
und schmeckte fast die

andere Frau mit dem kürzeren Haar und den längeren
Beinen, den Achselschweiß, den aprikosengeschwängerten

Rest ihres schweren Parfums. Womöglich
war ich am Ende doch eher bürgerlich.

Ich dachte, ich hätte ein anderes Herz, eins mit Türen,
in der Liebe ohne Allüren

und weit davon entfernt, nach Besitz zu gieren.
Doch wenn sie sich von mir losmachte und ihren

Harnisch in den Beutel warf, zusammen mit dem Gleitgel
und ihrer Zahnbürste, um dann quietschfidel

zur anderen zu fahren, machten sich Unsicherheit
und Angst in meinem Körper breit.

Ich fing an zu würgen, krümmte mich und heulte.
Aus diesen Gründen wollte

ich immer zwei ihrer Finger in mir spüren,
wenn wir schliefen. Ich wollte ihr gehören.

Sie sollte mich für den Rest des Tages verborgen
im Nagelbett tragen. Am nächsten Morgen

flüsterte ich ihr *Ich gehöre dir* ins Ohr.
Sie sollte es erwidern, mit einem *nur* davor.

2.5

Die Freundin meiner Freundin war Autorin
und traf sich zu jedem Monatsbeginn

mit B, einem Hedgefonds-Manager,
in Manhattan in einem Hotelzimmer.

Am Bett saß eine zweite Frau,
die ebenfalls schrieb. Alle drei, ich weiß es genau,

waren reich. Die zweite Frau war nicht weiter liiert
und hoffnungslos auf B fixiert.

Es erregte sie, ihm dabei zuzusehen,
wie er in der anderen kam, und ihn anzuflehen,

er solle das lassen. Zu Hause hatte B Kind und Weib.
Den unwissentlich abwesenden Leib

der Ehefrau verkörperte die Freundin meiner Freundin.
Sie absorbierte den Hass der zweiten Schriftstellerin,

dessen eigentliches Ziel Bs Ehefrau war.
Diese Ménage-à-trois

diente der Recherche, war es doch beider Betreiben,
eine Geschichte dieser Beziehung zu schreiben.

(Und jede hoffte ganz klar,
    dass ihr Buch am Ende das bessere war.)

Manchmal dachte ich an dieses Dreieck –
    dessen offenkundiger Zweck

es wohl war, Kreativität zu entfalten
    und den blutleeren Alltag perverser zu gestalten –

und landete bei mir. Wie eitel ich war,
    und meine Hinterlist so unberechenbar

wie ein Hund, der dafür eingeschläfert wird.
    Falls sich da überhaupt ein Unterschied verbirgt,

war es der, dass der Gedanke an Untreue
    mich nicht erregte, sondern zu Reue

und Schmerzen führte, die kaum als Fetisch taugten.
    Die Gefühle der Eifersucht laugten

mich aus und drohten, meine Lust nicht zu beleben,
    sondern – so fühlte es sich an – für immer aufzuheben.

2.6

Ich wünschte mir absurderweise,
  alles Unerwünschte könnte von alleine

verschwinden. Pickel. Schulden. Neid.
  Mein angehäufter Kummer. Das Internet war ich leid,

denn anscheinend war es längst bereit,
  die besten Aspekte der Menschheit – den Wunsch

nach Zugehörigkeit, Sex und kreativem Handeln –
  in Vollzeitüberwachung und Dividenden zu verwandeln.

Es war so unsichtbar und unheimlich
  wie das Wohlstandsgefälle und die Ozonschicht,

hintertrieb jeden Versuch der Kollektivierung
  und machte Kaufen und Streiten zur ersten Währung.

Natürlich konnte ich nichts ändern mit meiner Wut,
  ich wusste sogar, dass mein zynischer Hochmut

auch nur eine Abwehr war: eine kratzige Tracht,
  die ich auf Partys trug, wo man Small Talk macht.

Ich sprach über Buchrezensionen und CO_2-Fußabdrücke,
  und ganz allmählich wuchs in der Lücke

zwischen mir und meinem Gegenüber
   eine Wand aus Eis und wurde immer trüber.

Seit wann ist Kunstleder vegan?
   Seit wann kommt Theorie besser an

als die Nachrichten? Ich zog mich auf fremde Toiletten zurück
   und rief sie an, nicht in der Hoffnung auf Glück,

sondern um endlich meinen Körper zu verlassen.
   Komm, sagte sie dann, *diese blassen*

Intellektuellen haben nicht, was du brauchst.
   Ich fügte mich, und es funktionierte auch.

Du bist nicht mehr einsam, wenn du dich selbst verlässt.
   Du kannst nicht mehr grübeln, wenn du woanders bist.

2.7

Über Apps fand ich Leute, Hauptsache ohne
    Ähnlichkeit mit ihm oder ihr. Aufwallende Hormone,

wenn der Finger wischte und das vertraute
    Display zum Zeichen für ein Match ergraute,

gefolgt von einer mulmigen Leere,
    als käme dir ein alter Mantel in die Quere,

der dir immer noch steht, da steckt sogar
    ein Dollar in der Tasche – doch auf dem Revers

ist ein großer, brauner Fleck wie von Blut, ein Riss
    im Saum nach der verrückten Nacht mit seiner Sis

damals in Nanjing, und am Ärmel das obligate
    schwarze Schnurrhaar von eurem Kater.

Und das in deiner Hand ist kein Geldschein,
    sondern ein abgerissenes Kinoticket, weil dein

Freund *La grande bellezza* sehen wollte, damals an dem Tag,
    als ihr in Monterey den Mietvertrag unterzeichnet habt.

Damals ein Glück, heute nur ein Trick, um dir zu zeigen,
    was du verloren hast. Ich traf mich auf Drinks mit Leuten,

die mein Daumen ausgewählt hatte, und meistens
  war es sogar ganz nett. Trüben Naturwein trinken,

Knie berühren, über Adrian Piper diskutieren müssen
  mit einem Kunststudenten, der sich beim Küssen

als Beißer entpuppte. Aber bald schon schwang
  in jedem Gespräch ein zusätzlicher Klang

mit. Ich hörte genauer hin und identifizierte
  ihren Namen, und wenn ich mich stark konzentrierte,

hörte ich, könnte man meinen,
  in der Frequenz darunter den seinen.

2.8

Dass die Konstellation dich unglücklich machte, wurde dir im Tempo eines Magengeschwürs klar, das erst sachte und dann plötzlich sehr schnell wächst. Du wolltest weder die Geliebte teilen noch deine alles verzehrende Liebe. Im Bad hast du dir, von Verzweiflung getrieben, die Arme aufgekratzt. Du hast deine Freundinnen angerufen, deren Tonlage fast jedes Mal in die Höhe schnellte. Beim Warten auf die Bahn hast du dir die Haare ausgerissen, ganze Strähnen, und manchmal hast du nachts um drei still und heimlich an deiner Geliebten vorbei das Bett verlassen, um ein Taxi zu erwischen. Du bist durch neongrelle Straßen geschlichen, halbnackt im Schneematsch, und hast dabei gekeucht wie auf der Flucht vor einer tödlichen Gefahr. Am nächsten Tag habt ihr den Konflikt gesucht und euch den ganzen Tag lang angeschrien beziehungsweise angeschwiegen; jede hat Gleichgültigkeit vorgeschützt und gleichzeitig befürchtet, das Gegenteil könnte stimmen. Sex blieb die einzige Annäherung. Wie sonst hättest du einen Wunsch ausdrücken können, den du selbst nicht verstanden hast und der zu einer devianten Heuchelei geriet? *»Ich vermisse Sicherheit und Stabilität.« »Ich glaube, ich könnte mich freier fühlen, wenn du mich stärker einengen würdest.« »Ich wollte raus, jetzt will ich rein, so ist die Lage.«*

»Wie kannst du es wagen, mir anzutun, was ich ihm angetan habe?«

2.9

Ihr Job war es, die Prosa anderer Leute zu lesen
  und ihr Kohärenz zu geben.

Ich half jungen Leuten, ihre Erfahrungen mit dem Leben
  in Prosa zu übersetzen. Aber wenn ich es hingegen

selbst versuchte, entzog sich unsere Geschichte mir
  und sträubte sich gegen den Sinn. Im Bus zu ihr

hörte ich Liz Phair,
  Irma Thomas und Musik aus Montclair,

die wir beide liebten, ein Genre
  irgendwo zwischen Emo und Americana,

eine Mischung aus Loretta Lynn und Bright Eyes.
  So vieles aus jener Zeit verweist

auf Nervosität und Sex: ihr Sandelholzgeruch,
  H. D. auf dem Handy lesen statt als Buch,

Tränen im Zwischengeschoss des BAM vergießen
  und auch auf einer Bank im Fort Greene

Park, der klebrige Ottolenghi-Kuchen (*ohne Butter*),
  die Säfte-App. Rebecca West. Das Futter

des Steppbetts, das wir stopfen mussten, um nicht im Fluss
der Daunen zu ertrinken. Soylent. Cunnilingus.

Saraghina vor all dem Sturm und Drang.
    Das Zittern ihrer Stimme, als sie zum ersten Mal sang.

Später wurde das Lied zu einer unserer Hymnen,
    benannt nach einem sehr berühmten

Briefwechsel, der sich wiederum nennt
    wie ein schmerzlich schönes Rotpigment.

2.10

Hin und wieder glaubte ich,
  sie sei ich. Das Erkennen traf mich wie ein Stich,

gefolgt von einem kleinen Augenzucken.
  Manchmal wollte ich mich ducken

und heimlich ihren schiefen Gang bewundern, das wirre
  Haar, und jeder Muskel meines Körpers wurde irre.

Während ich in der Uni Klausuren abnahm,
  sah ich mir ihre Fotos auf Instagram an

und der Stoff zwischen meinen Beinen nässte
  genau dort, wo ihr Finger in mich passte

wie ein Schlüssel. Wie ein unbekannter Vorfahr,
  ein Traumbild, ein Isomer.

Dazu das abgründige Gefühl der Einheit, und zu mögen,
  was ich an mir unschön fand und verbogen.

Nachzugeben. Zu spüren, wie eng alles sitzt.
  Den Schlüssel zu drehen, und dann der leise Klick.

2.11

Ihr Vater gewann irgendeinen Preis
    für seine Forschungsarbeiten im Bereich

des britischen Königreichs und seiner Gesetze.
    Sie bat mich, sie zu begleiten, und weil ich die Letzte

gewesen wäre, ihr etwas abzuschlagen,
    sagte ich zu. Sie trug einen gewagten

Anzug in Indigo, der nach YSL aussah,
    und ich einen Einteiler aus Rayon. Er war

seidenweich. Ihre Heimatstadt so filigran wie
    eine hölzerne Kiste, darin die Uni als Marketerie.

Die Türmchen warfen gekachelte Schatten
    auf stille Kolonialstilgärten mit Rabatten,

zu feudal, um locker zu bleiben. In jedem Fall
    gaben wir unser Bestes. Mit Adderall

in ihrem und Pinot Meunier in meinem Blut
    ertrugen wir die Reden, benahmen uns gut,

schnüffelten am Bouquet, kratzten Butter von kaltem Fisch
    und berührten einander unterm Tisch

an den Beinen. Sie zog mich ins Familienfoto,
   und ich lächelte wie ein manisches Echo

meiner selbst. In ihrem Elternhaus
   stieß sie mich nackt auf die Couch

neben einen vielgeliebten Teddybär, und keine
   fünf Minuten später bebte ich und weinte

ein stummes *ja*. Auf dem Rückweg am nächsten Morgen,
   im Nordostkorridor nach NY, zwischen kahlen Bäumen

und schmelzenden Frachtcontainern, fragte sie mich,
   ob wir von jetzt an *exklusiv* daten könnten, und ich

fühlte mich, als hätte ich einen relevanten,
   wenn auch zweifelhaften Test bestanden.

Natürlich bejahte ich sofort;
   ich hatte sowieso nur dieses eine Wort.

2.12

Damals war die Zukunft. Du warst frei zu lieben, was immer du wolltest. Da hing eine Schaukel, du hast dich draufgesetzt und bist durch die Schwaden im Tal geschwungen, in den Ohren das Echo der alten Balladen: die abweisenden und abgewiesenen Geliebten, die teuflischen Mütter, die siebten Himmel so rot wie ein Ausschlag. Oberhalb deines Halses lag die glücklich geschlossene Baumgrenze, berauscht vom raschelnden Drama des Laubs und dem Duft von Schnee, der taub über der Abbruchkante des Horizonts hing. Alles ergibt einen Sinn, wenn man lebendig ist, was du aber niemandem erklären wirst, der nicht selbst einmal betroffen war. Die Bücher, der saure Regen, der Heimweg, den du froh, gefickt und mit Apfelaugen angetreten hast, die Wangen kalt und gerötet, dass es kaum zu glauben war. Eine Haut zu haben, ist wirklich nett. Eine Straße namens Throop. Ein Zimmer namens Bett. Im Morgengrauen der Rücken der Geliebten, der gekratzt sein will:

Tiefer, tiefer, jetzt höher. Fester. Ja, genau so. Halt still.

DRITTES BUCH

3.1

Wenn sie und ich stritten, vermisste ich ihn am meisten.
  Und wir stritten uns ständig in jener heißen

Zeit des Schleims und der Diafonien,
  als sie meine Schulmädchenfantasien

stundenlang erfüllte und dann ohne Kommentar
  aufstand und ging, weil ihr eingefallen war,

dass sie zu *dieser Sache* musste. Nicht direkt gemein,
  aber für mich zum Haare raufen und meilenweit

entfernt von dem, was ich ihm hätte durchgehen lassen.
  Seine Liebe hatte meinem Leben eine Struktur verpasst,

an die ich mich hielt, seit ich neunzehn
  war. Wenn sie damit brach, sprang mein

Herz aus der Haut und wollte dorthin,
  wo es wieder in Sicherheit war. Zu ihm.

3.2

An anderen Tagen konnte ich spüren, wie ich
   zu ihm wurde. All seine nervigen Tics –

die aufgesetzte Fröhlichkeit, der Trick,
   mitten im hitzigsten Konflikt

zu verstummen oder mich als maßlos zu titulieren,
   ohne den Vorwurf zu spezifizieren –

entdeckte ich an mir, als hätte sein Naturell
   während der Beziehung ganz graduell

auf mich abgefärbt, und nun waren seine Vorstellungen
   wie über Headset in meinen Kopf gedrungen.

Seine Phantomhand leitete mich,
   in meinem Spiegel sein ernstes Gesicht

und seine Stimme in meinem Mikrofon,
   bis hin zu dem verächtlichen Ton

und der Bevormundung, wenn ich mit ihr schimpfte
   und über ihre geschmacklosen Witze die Nase rümpfte.

Genau die Art von Dynamik, die ich nicht mehr wollte.
   Ich wurde fast verrückt. Aber wenn sie dann schmollte

oder in die Depression
   abtauchte, wie ich es früher selbst schon

oft genug getan hatte, im Bett oder flach auf dem Boden
   ausgestreckt, im Kopf eine Liste aller Personen,

die sie enttäuscht hatte, erinnerte ich mich an seinen Trost
   und tröstete sie. Und wenn ich meine Wange wortlos

an ihre legte, schöpfte ich Liebe aus einem Brunnen, den er
   gefüllt hatte. Ich war nicht wie er, ich war vielmehr

eine Verbindung zwischen den beiden,
   eine Unterhaltung, die sie durch meinen Mund

führten. Und wenn ich gerade nicht traurig war,
   war ich unglaublich gerührt, da

ich beide Geliebten in mir trug und sie einander
   vorstellen konnte, dort in der

Höhle knapp über dem Herzen, in dem Schlitz
   zwischen den Falten, wo die Stimme sitzt.

3.3

Aus ihrer Kindheit war viel geblieben:
die Angewohnheit zu übertreiben,

beim Essen zu kleckern, beim Lachen zu beben,
der Schalk, die Tendenz, zu viel preiszugeben,

tagsüber zu schlafen. Sie sehnte sich andauernd
nach Berührungen, verteilte ihr Vertrauen

wahllos und war kaum in der Lage, die Uhr an der Wand
zu lesen. Ich fand das alles unheimlich spannend.

Dennoch kam es mir merkwürdig vor, einer Frau
meines Alters erklären zu müssen, was genau

so schlimm daran war, wegen der Ex zu lügen, oder warum
kurzfristige Absagen ein Grund für Verunsicherung

waren. (Einmal benannt, gerann der schmerzende Stich
zu Sprache und war plötzlich fern und unwirklich.)

Aber ich wusste, wenn ich es ihr nachsah, würde ich
für meine kindlichen Macken, längst noch nicht

überwunden, dieselbe Nachsicht erfahren:
mein ständiges Kreisen um mich, meine unklaren

politischen Ansichten und, ganz hart:
meine Besserwisserei. Meine nachtragende Art.

Und dahinter: ein Zweifel, der nicht verschwinden wollte
und den sie wegküssen, abtöten, aussaugen sollte.

3.4

Dann kam der Tag, an dem du deine letzten Sachen abholen solltest. Der Kater würde zu Hause sein, dein Ex bei der Arbeit, wo er tippte oder pipettierte, während du fluchen und die Wohnung nach deinen Lieblingsclogs und dem Scheckbuch absuchen würdest. Seine Arbeit war wichtig: Er studierte die Genetik von verschiedenen Lebewesen und deren Fähigkeit, mit dem Klimawandel umzugehen. Korallen, Napfschnecken und parasitäre Wespen, die sich beharrlich durch Schmetterlingspuppen fraßen, welche dabei förmlich barsten. Manche Arten – weniger resilient – starben aus, während die Meere, das war allgemein bekannt, sich erwärmten und übersäuerten. Hier wuchsen die Wüsten und dort die Städte, blühenden, giftigen Wäldern gleich. In vielen Fällen überlebten einzelne Exemplare, und seine Hauptaufgabe war es, den geheimen Code zu ermitteln, der die topfitten Evolutionsgewinner auszeichnete. Es war ein Puzzle. Du hattest noch einen Schlüssel, auf deinem Schreibtisch stapelten sich vermischte Unterlagen, über dem Sofa hingen jetzt nautische Drucke. In dir stieg ein uraltes Gefühl auf, und mit ihm der Wunsch, dich hinzulegen. Was du auch tatest. In dem Moment verließ der Kater träge seinen Platz am Bett. Er kam zu dir, du hast die Arme ausgestreckt und sein spitzes Gesicht wurde in deinem Blickfeld immer größer. Das Wiedererkennen flammte zwischen euch auf wie ein Streichholz, aber als du ihn berühren wolltest, wich er dir aus, drehte fauchend den Kopf
und schlenderte zu seinem Napf.

3.5

Oh, kleiner Schatten. Nicht tot, nicht einmal verloren,
    verloren nur für mich, wie so viele Faktoren.

Zwei Zehen mehr, die Augen zu groß für die Rasse,
    knochige Schultern und Flöhe in Masse.

Nach der Trennung hat er dich ohne Diskussion
    behalten, denn du hast ihn immer schon

bevorzugt. Außerdem hatte ich es verdient, dass mir
    alles weggenommen wurde. Aber ich glaubte, du Tier

würdest mich lieben oder wenigstens darauf bauen,
    dass ich dich füttere, und mir vertrauen.

Als Kätzchen hast du nach Muttermilch gesucht
    und an meinem Ohrläppchen genuckelt, bis Blut

kam. *Seid dankbar, ihr habt keine Kinder,*
    meinten alle, doch ich war gelinde

gesagt nicht dankbar, höchstens ganz
    erleichtert, dass ihre Nichtexistenz

ihnen Leid ersparte. Nur mein innerer Dämon
    wollte dieses Leid, denn es hätte meins schon

viel greifbarer gemacht, mit Sinn erfüllt.
Wie unsere Liebe. Und auch die Zeit, die sich still

gegen die aufgestaute Wucht meines Lebens stemmte,
das von sich selbst abgekoppelt war. Abgetrennt

von ihm und von dir, über den ich mich jetzt beuge;
du warst weniger unser Kind als unser Zeuge.

3.6

Ich träumte oft, er und ich wären wieder zusammen.
  Meine Erleichterung war wie ein Zelt nach einer langen

Wanderung, ein Schutz im seufzenden Röhricht.
  Doch dann verflog der Schlaf, und ich

lag in ihrem Bett. Mein trüber, kalter Schreck
  war wie ein vergorener Schluck

Saft, wo ich Gelee erwartet hatte, oder wie
  Gelee statt des erwarteten Spermas; die

Geschmäcker zerflossen in meinem Mund
  und das Bild vom Zelt verschwand.

Einmal gebar ich seine Tochter im Traum.
  Sie steckte noch in der Fruchtblase. Kaum

hatten wir sie herausgeholt, erkannte ich das
  flache Profil meiner Freundin. Rachel Hadas

schrieb, Gedichte und Träume enthielten *hässliche*
  Wahrheiten, die uns aber auf verlässliche

Weise *in der Prosa des Alltags* entgehen. Ich leckte
dem Kind die Schmiere von der Backe.

Als ich erwachte, suchte ich vergebens
nach dem Geschmack meines alten Lebens.

3.7

In der gemeinsamen Wohnung in Monterey habt ihr eure
Abende auf einem vergammelten Sofa verbracht und zu-
geschaut, wie das Licht draußen erst zu Mauve vergraute
und dann erlosch. Vor dem Nachbarhaus hingen runde
Spiegelscherben aus, sie drehten sich im Wind und blen-
deten euch, wenn die Sonne entsprechend stand, oder sie
malten Phantomringe an die Fassaden, die der Kater jagte
und sehr aufregend fand. Jene Jahre waren formlos, un-
parfümiert und mit Salz und gequirlter Luft garniert, und
Winter und Sommer waren fast gleich. Das vage Gefühl
eines schweigenden Planeten machte sich breit, ein Planet,
dem das Schlimmste schon zugestoßen war. Zu der Zeit waren die großen Astronomen wieder in Mode. Man kannte
nicht nur die Namen und Daten aller Sterne, sondern be-
nutzte sie auch gerne, um in die Zukunft zu blicken oder zu
erfahren, wie jemand gestrickt war. Einige Leute beschäf-
tigten sich mit den Sternen, weil sie meinten, es gäbe von
den westlichen Wissenschaften nichts zu lernen, außerdem hätten diese uraltes Wissen verschüttet. Andere sagten: *Es macht Spaß, es ist nicht ernst gemeint. Du musst gar
nichts glauben.* Du konntest nicht erkennen, wo da der Spaß
sein sollte, trotzdem hast du fast angefangen zu flennen, als
in der Auswertung stand, du seiest kokett, widersprüchlich
und auf deine Frisur fixiert. In derselben Woche hast du dir
die Haare schneiden lassen, es bereut und deine Vorliebe für
Hüte wiederentdeckt. Ein Helm war auch irgendwie ein
Hut, du trugst ihn jedes Wochenende, er machte sich gut

auf euren Radausflügen zu der verlassenen Militärbasis, wo
die Raketennasen aus dem Sand ragten und die Dickblatt-
gewächse die Dünen mit Rostrot und Grün überzogen, den
Signalfarben. In einiger Distanz vor dir stapfte der geliebte
Mann über die Klippen, ein Stängel Seetang, nach Westen
ausgerichtet. Oder hinter dir, wenn du schneller warst, oder
daneben, falls ein Gespräch oder ein Streit sich anbahnte.
Ihr habt euch, fandest du, nur selten gestritten, er hingegen
wollte das nicht gelten lassen. Alles eine Frage der Schwel-
lenwerte. Manchmal kam es zum Streit darüber, wie viel ihr
euch streitet, dann standet ihr euch in der kleinen Wohnung gegenüber und habt die Luft zwischen euch mit Hän-
den aufgeschäumt. Hattest du PMS, konntest du die absur-
desten Dinge behaupten. *Ich fühle mich wie eine kastrierte
Katze. Ich fühle mich wie eine Frau, die in einem Bild gefangen ist,
das sie als Jungfrau zeigt, dabei ist sie nicht jungfräulich, sie ist
nicht mal immer eine Frau.* Der Westen hat dich erschöpft mit
seiner Mattigkeit und seinem Ginster. Die weiche Grenze
verschwamm, sobald du dich daran gewöhnt hattest. Das
schale Tageslicht spann sich selbst zu goldenen Fäden. Das
alles war vor der Ära der unverhohlenen Falschinforma-
tionen, oder vielleicht die unbemerkte Dämmerung einer
neuen, und eine Weile hast du vermutet, die Welt könnte
eines deiner Hirngespinste sein – was es dir erschwerte, darin voranzukommen oder auch nur das Bett zu machen
oder den zarten Kabeljau zu schmecken, den die Hafen-
arbeiter verhökerten. Oben auf den Klippen benannte der

Mann Fische und Sukkulenten, er kannte sogar den Grund, warum das Land an dieser Stelle so steil abfiel. Eine Seeschwalbe flog vorbei. Die Sonne schob sich durch verbogene Löffelwolken. Am Ende war der Strand wie dein Interesse am Leben: eine Zeit lang verschüttet unter Sand und Angst. Bis du es eines Tages in der größten

Klarheit wahrgenommen hast und anfingst, dich daraus zu lösen.

3.8

Eines Nachts konnte ich nicht schlafen. Ich dachte daran,
  wie er und ich zehn Meilen südlich von Pleasanton

 anhielten, um Snacks, Bubble Tea und CDs
  zu kaufen, das einzig abspielbare Format unseres

Toyotas. So kam es, dass wir nach zwei
  Wochen in der Wüste *Big Willie Style,*

Enter the Wu-Tang und *Smiley Smile*
  auswendig konnten, und zum Teil

auch Michelle Branchs Debüt *The Spirit
  Room.* »You Get Me« hieß das zweite Lied

des Albums. Ich konnte ihre Stimme imitieren,
  besonders den letzten, changierenden

Vokal von *understands.* Draußen vor der Windschutzscheibe
  unterteilten autofreie, ramponierte Straßen die Titelei

des Mono County. Felle unbekannter Herkunft,
  seltsame Echsen, blaubraune Hügel im Dunst,

versengtes Gras. Wenn wir miteinander sprachen,
  benutzten wir meist unsinnige Vokabeln

oder Begriffe aus abstrusen Gedichten, die
   für Heimat standen – Landpartie,

Pudding, Leinen, Zucker, Grübchen, da war
   nichts als Klang, und später im selben Jahr

hatten wir den Drang, den Kater, der uns zugelaufen
   war, immer wieder umzutaufen,

und auch der Name unseres zukünftigen Kindes
   war Thema, beispielsweise am Fuß der Panamints,

wo wir Eier aßen und zwischen den Bissen
   Babynamen sagten. Wenn ich diese Zeit vermisse,

mache ich mir klar, dass mein Herz da
   schon aus dem Takt geraten war.

Selbst in Travertine. Selbst an der Quelle in Tecopa, wo
   sich mein gesamter Silberschmuck im Wasser so

schweflig grün verfärbte und er mich nackt fotografierte,
   während ich Symbole in den Sand urinierte,

oder vor Methusala, wo ich einen Joint drehte
   und mich später den Berg hochquälte.

Wir zogen die Regenhaube von unserem modernen
Zelt, lagen da und starrten in die Sterne.

Die Kiefern da oben, sagte er,
sind die ältesten Lebewesen der

Welt. Seine Stimme war weich und voll und unverzagt.
Hätte er mich da gefragt, ich hätte ja gesagt.

3.9

In der Stadt hast du nur Augen für die Bäume, aber im Wald
suchen sie überall das Silber. Du hast lange am Meer gelebt,
aber weil es dich nicht spiegeln konnte, bist du fortgezo-
gen. Du hast die eine oder andere Habseligkeit eingepackt
und bist gegangen. Du konntest es nicht für das lieben, was
es war, das ist deine Krankheit. Den ganzen Tag den Sturm
vor dem Fenster für seine Rücksichtslosigkeit verehren und
sich dann gegen ihn wehren wie ein schlecht erzogener
Hund. Aber wie das an der Straße abgestellte Motorrad nach
dem Regen glänzte! Und die Eichen freuten sich so, einzige Lebewesen im ganzen Tableau. Manchmal kam dir der
senfgelbe Samtvorhang dazwischen, aber an dem Tag war
er stundenlang offen, du konntest ihn sowieso nicht leiden,
drohte er doch, dir die Sicht zu verderben. Du wolltest den
Vorhang fragen: *Was haben Sie mit meiner Tochter vor?*, besonders an Tagen wie diesen, als wäre das Fenster dein Kind
und aus dir herausgekommen samt allem, was es rahmte:
dem Regen, dem Zaun, den kleinen Silbernägeln. Als wäre
die Welt dein Werk, ins Leben geholt durch ein Fenster in
deinem Körper, und nun erwiderte sie deinen Blick und sah
dich – ein Gitter aus Knochen, die blutigen Schnüre,
    den einen Ort, den du nie verlassen würdest.

3.10

Manchmal verließ ich am Morgen die Wohnung
    meiner Freundin und sah kurz alle Episoden

meiner Existenz als Bogen – durchgehend, ohne Brüche.
    Ich sah eine Person, die hauptsächlich Männer küsste,

Gedichte im gängigen Stil verfasste und einen Kater
    hielt. Davor war sie ein kleines Mädchen gewesen, später

dann verändert. Was
    will ich damit sagen? Dass

all diese vielen Ichs – du sollst sie sehen –
    aus vielen Linien bestehen,

und eines Tages fingen sie an, sich zu kreuzen
    wie nach einem obskuren Plan, und ab dann

wurde die Analyse des Gewirrs mein illustrer
    Lebensinhalt. Oder vielleicht war das *Muster*

mein Leben und die Analyse der Alltag darin.
    Denn Sexualität gehört immerhin

zu den rein formalen Problemen:
    für seine Zeit auf Erden eine Gestalt anzunehmen,

die sich natürlich anfühlt, nicht aufgezwungen,
    eine Gestalt, in der das Verlangen

sich vermehren kann, am besten beliebig.
    Und ist nicht auch die Liebe an sich

ein Reim? Haben *Gender* und *Genre* nicht
    denselben Stamm? Vielleicht bin ich wirklich

eine Dichterin und brauche unperfekte Verse,
    die ein Ich ergeben, die Lüge vom Sinn.

3.11

Ihre Aufmerksamkeit war eine flüchtige
　　Flamme, wie der Goldfisch in der Geschichte,

der sich aus allem rausreden kann. Ich glaubte,
　　die Monogamie würde im Laufe

der Zeit für Sicherheit sorgen, für den Fokus,
　　nach dem ich mich sehnte. Zum Schluss

machte ich für mein Leid die andere verantwortlich,
　　denn ihre Zuneigung blieb sprunghaft, sprich

sie nahm sie mit, wohin sie auch ging,
　　und haftete sie an jedes neue Ding,

das sie erblickte. Inzwischen wurde mir klar,
　　dass sie mich liebte, aber meine Bestätigung war

ihr nicht genug; sie brauchte sie von allen
　　und es reichte nie. Wandte sie sich mir zu, wallte

meine Bedürftigkeit von Neuem auf und schnellte
　　vor, um ihre zu berühren, und die Stelle,

an der sie sich trafen, war ein eigener Stern,
　　eine nukleare Reaktion, die ich sehr gern

ins Ewige verlängert hätte. Aber sie wandte sich resolut
    der Nächsten zu, erstickte unsere Glut

und ließ mich im Dunkeln warten. Ich bettelte,
    bemitleidete mein dummes Herz oder zettelte

einen weiteren Streit an. Ich wollte sie jagen
    und abermals kleine Funken schlagen.

3.12

Ich las ein Buch von Nathalie Léger
   (übersetzt von Cécile Menon und Natasha Lehrer)

über Barbara Loden und ihren Film
   über Wanda, die Bankräuberin.

Einen Satz bemerkte ich gleich:
   Sie sagte, avantgarde zu sein sei leicht,

hingegen müsse man sich ziemlich quälen,
   um eine simple Geschichte gut zu erzählen.

Ich schrieb meiner Freundin: *Wie du siehst,*
   haben alle ihre Probleme mit dem Narrativ.

Dass Vergangenes einmal heute war, ist immer wieder
   ein Schock. Im Kloster meiner Kindheit blühte der Flieder,

welkte und wurde geschnitten, und nie
   lernte er aus seiner Blüte dazu.

Eine interessante Vorstellung, dass der erzählerische
   Impuls nicht auf das Verlangen zurückgeht, Geschehnisse

sinnhaft anzuordnen,
   sondern auf den Wunsch,

jede Schuld zu vermeiden, ließ Rachel Cusk
    ihre Erzählerin beichten – ein Satz,

den ich, obwohl ich zu einer anderen Meinung neige,
    nie vergaß. Ich glaube, dass Geschichten zeigen,

wie Leben einander durchwirken (unsere Schuldfähigkeit
    wird widerlegt, wie die Herrschaft des Ich, die jederzeit

fragil bleibt), und dass der Wille, alles im Zusammenhang
    zu sehen, uns sehr in die Quere kommen kann,

gaukelt er uns doch vor, das Leben halte sich
    an ein Skript. Tut es nicht.

Im Nachhinein hält alles sich an die Entropie.
    Verschüttetes Salz, Scherben – eine Rhapsodie

aus willkürlichem Lichteinfall und Zeilen aus Songs,
    die niemals mir gehört, und auch niemandem sonst.

VIERTES BUCH

4.1

Zweite Adoleszenzen sind – wie zweite erste Lieben –
  eine Zeit mit erstaunlich wenigen Mythen.

Das Gewicht von meiner spüre ich im Hals, den ich
  in nervösen Momenten betaste. Mein Haferstich,

mein Mandelstein, mein Souvenir von damals,
  als ich, à la June Jordan, vom Skript abwich.

Ich wünsche diese Quittung allen und keinem –
  zu erfahren, was passieren kann, wenn wir das kleine

kobaltblaue Feld *jetzt kaufen* anklicken
  und die lange, menschliche Maschine zu ticken

beginnt, fliegende Hände zwischen Lagerregalen, und
  das Mögliche wird Entscheidung für Entscheidung

abgetragen ... Oft fühle ich mich wie in einem Garten,
  oder als laufe ich dem Garten hinterher.

Wenn ich Fabrik und Leichenhaus
  passiere – wenn ich den Fluss überquere, der aus

unerfindlichem Grund als *saniert* gilt –, kann ich der Luft
nicht widerstehen, ihrem todgeweihten Duft.

Statt der Antwort fällt mir nur eine Frage ein:
Wird das nächste Mal so hoffnungslos wie dieses sein?

4.2

Eine Reise anzutreten, an deren Planung man nicht
  beteiligt war, ist ein großer Luxus, dachte ich

in der Woche, als sie mich in eine renovierte
  Remise in einer Stadt namens Bath entführte.

Wir waren in Maine und am Ozean,
  ohne WLAN und Handyempfang,

aber das putzige Telefon
  mit der *Anrufbeantworterfunktion*

erlaubte uns, D zu bitten, am Dienstag Bier
  mitzubringen, wenn er aus Revere

vorbeikam. Ich knetete Teig, während sie umdekorierte,
  den Tisch genau wie das Weinregal an andere Orte

schob, Glühbirnen wechselte und Teppiche
  und in einem Schrank Geschirr aufspürte,

das ihr gefiel. Jeden Tag genossen wir den Blick,
  wenn die träge Flut wie bei einem Trick

einlief und auf dem scheinbar beständigen Strand
  eine Landzunge mit Inseln entstand,

auf denen nichtsahnende Badegäste
   sich wiederfanden, deren hopsende

Bewegungen ich aus dem Augenwinkel sah. Fruchtgummi
   mit THC, in rauen Mengen eingekauft, verklärten

irgendwie alles. Wie auch Sex.
   Am Boden zu kommen, den Körper geflext

und heiß unter ihrer Hand. Essen bei Öllampenschein,
   Frisbees über den Sand fliegen lassen, am Kamin

Linda Gregg lesen, die gerade gestorben
   war. Sechs Tage am Stück ohne Streit. Glauben,

wir könnten tatsächlich so leben.
   In Bath zu baden, wie titelgebend.

4.3

Von Maine fuhrt ihr nach Red Cloud in Nebraska, der Heimat von Willa Cather, denn irgendwo hattet ihr gelesen, sie sei eine berühmte Lesbe gewesen. Öffentlich hat sie das aber nie gemacht, also ist die Wissenschaft geteilter Meinung. Ihr wusstet, sie hatte vierzig Jahre lang mit einer Frau zusammengelebt, die sie anscheinend liebte, doch leider sind fast alle ihre Briefe verloren gegangen. Und obwohl ihre Werke nicht explizit als homoerotisch definiert werden können, sind sie dennoch erotisch – wenn die Heldin *unter den weiten, wilden Hügeln* der Prärie *die Verheißung der kommenden Zeit* spürt, beispielsweise, oder der Pflug *lange Furchen der Fruchtbarkeit* durch die Felder zieht. In einer Szene ist das Licht selbst *in Aktion*, als bewegte es sich auf einen *Höhepunkt* zu – *ein herrlicher Abschluss*. Genau so ergoss sich das Licht in Red Cloud auf euch, das Auto zerteilte es wie einen bleichen Vorhang über der staubigen Straße, das Gesicht deiner Freundin vom Glühen durchsetzt. Anzukommen ist eine Art Höhepunkt, sich zu outen ist eine Art Ankunft und *kommen* eine Abkürzung des von euch bevorzugten *zum Höhepunkt kommen*. Bis zu jenem Tag hattet ihr einander immer in dichtbesiedelten, gentrifizierten Wohnvierteln nordöstlich gelegener Großstädte berührt, wo zwei verliebte Frauen keine Sensation, sondern fast schon ein Klischee waren. Aber hier draußen kamt ihr euch so verdächtig und fremd vor wie die weißen Maulesel-Zwillinge in Cathers Buch über den Priester. Aus dem Grund habt ihr euch auf eurer Tour durch das Kindheitsleben der Autorin

als platonisch befreundet ausgegeben. Ihr habt Abstand ge-
halten, geradeaus gestarrt und darauf verzichtet, eure Finger
auf dem vernickelten Herd ineinander zu schieben. Später
habt ihr euch eingeredet, das Theater habe nur der Biogra-
fie entsprochen, die ihr vor Ort feiern wolltet; ein Zeichen
von Ehrerbietung, nicht Unbehagen. Die kleine Küche der
Familie roch nach Ruß. In dem mit goldenen Freesien ta-
pezierten Schlafzimmer im Obergeschoss hast du nachge-
fühlt, wie sich Cathers warmer Leib unter der Decke seine
Bedürfnisse erfüllte, wie der deine in deiner Kindheit, als du
an unverständliche Akte gedacht hast, bei denen Seile und
sanfter Zwang eine Rolle spielten. Deine Heimatstadt war
ähnlich klein und trostlos. Der lächelnde Guide sprach über
Geschirr und Handarbeiten und fotografierte eure Steifheit
vor einem dekorativen Busch. Drei Straßen weiter, hinter
dem Gericht und einem Hundeauslauf, stand das zweite
Haus der Familie, im Gegensatz zum ersten renoviert. Ihr
habt ein Zimmer für die Nacht reserviert. Deine Freundin
hat gelacht und dich in Willas Zimmer fotografiert, mit weit
gespreizten, durch den Winkel verkürzten Beinen. Danach
betonte sie immer wieder, das Sonnenlicht sei trotz der bie-
deren Teppiche, des WLAN und der Miniwasserflaschen im
Kühlschrank das gleiche wie zu Cathers Zeiten, da Licht uns
altern lässt, aber selbst nicht altert. Irgendwie machte die
Vorstellung Cather greifbarer, lebendig. Ihr habt ihre Gegen-
wart gespürt, dort unter dem reinen, elastischen Blond, das
die Prärie überströmte und prompt durchs Fenster ins Zim-

mer fiel, wo du im Kommen geflüstert hast: Ich will nie nach Hause zurück. Cather schrieb einmal, Glück sei, *aufzugehen in etwas Umfassendem, Großem*. Zu anderer Zeit wärst du vielleicht drauf gestoßen und hättest an den Tod gedacht. Abends, auf dem Weg aus der Stadt, habt ihr noch einmal Halt gemacht, um die knatternde Beregnungsmaschine zu bestaunen, die riesige Kreise auf den Feldern zog. Ein Moorhuhn flatterte. Wind kam auf. Die Bäume neigten sich, ihre dunklen, schiefen Wipfel

ein Spiegelbild der Wolkenzipfel.

4.4

In dem Herbst musste ich jeden Morgen fliegen,
   um den Siebenuhrzug zum College zu kriegen,

wo ich Schreiben unterrichtete – Ton erspüren,
   Behauptungen untermauern, richtig zitieren.

Zusammenfassung versus Analyse kam immer dran
   und brauchte viel Platz im Stundenplan,

so viel, dass man meinen könnte, es markiere
   das Fundament, auf dem das ganze Semester basiere.

Zu lehren entsprach wohl meinem Wesen,
   die Betonung auf Logik und *achtsamem Lesen*,

ein weiterer Grundstein, stabil wie Granit,
   aber auch ein Korsett, in dem ich litt,

blieb mir doch keine Wahl. Bis dahin hatte ich gedichtet
   und immer nur Lyrik unterrichtet

(ohne Anspruch auf Nützlichkeit,
   aber immerhin kriegten fast alle eine Eins).

In meiner Rolle fühlte ich mich verpflichtet,
   meinen Studierenden ehrlich zu berichten,

was ich in ihrem Alter gern gewusst hätte: Vor dem
  Argument kommt der Beweis. Verben stemmen

die schwerste Last. Veränderung ist stet und radikal,
  das serielle Komma meist nicht optional.

Du wirst dich verlieben. Beziehungen enden,
  aber nicht in denselben Momenten

wie die Liebe. Eine Version davon existiert weiter,
  mitten in dir, vielleicht für immer.

Die These wird am Ende wieder aufgenommen.
  Du kannst es verkacken und drüber wegkommen.

Immer die Quellen angeben,
  und versprich niemandem dein Leben.

4.5

Als Teenager wollte ich meine Gedichte niemandem
   zeigen. Weder die animalischen noch die larmoyanten

oder die über Sex. Zu groß war mein Misstrauen,
   sie könnten mich durchschauen,

außerdem fürchtete ich, schon wieder mit Namen
   belegt zu werden, die sie mir gaben,

seit ich überhaupt sexuell
   aktiv bin. Ganz generell

stehe die Scham mir besser zu Gesicht
   als das Verlangen, aus dem angeblich

nur noch mehr Scham erwächst.
   In meiner Jugend ging ich Sex

an wie alle Dinge: mit einem fanatischen, abstrakten
   Interesse an der Erfahrung und der nackten

Kraft, die sie prägt. Genauso, wie ich Gatorade probierte
   oder unseren Hund fütterte. Wie ich masturbierte

und dabei an die Mädchen dachte, gegen die ich
   im Vierhundertmeterlauf antrat, das Gesicht

so rot wie mein Trikot mit Flecken aus Schweiß
    und dem Schriftzug Patriots in Weiß.

Nach dem College schrieb ich nicht mehr
    über Sex, und auch das Wort *ich* war schwer

bis unmöglich zu schreiben, und dann schrieb
    ich gar nicht mehr. Eine Weile hielt

ich mich für reif; Stolz fühlte ich nicht in dieser Zeit,
    eher eine kleinliche Lust an der Angepasstheit.

Doch eigentlich entsprach mir das nie.
    Gegen meine Freiheit würde ich die

Tugend jederzeit tauschen. Für ein unverwässertes Gefühl
    setze ich, wie ich heute weiß, einfach alles aufs Spiel.

4.6

Der Versuch, zu schreiben wie eine andere, führte dich natürlich – ein Wort, das übrigens auf *ich* endet – in eine Sackgasse. Dort musstest du an die ganze empfindsame, gegenderte Geschichte der Beichtliteratur denken, an Virginia Woolfs Forderung, Frauen sollten *alle Arten von Büchern schreiben, bei keinem Thema zögern, ganz gleich, wie trivial es erscheinen mag,* sogar und insbesondere *diese noch nie erfassten Gesten, diese un- oder halbgesagten Worte, die sich bilden, wenn Frauen allein sind.* Deiner Erfahrung nach stimmt, dass bloße Gefühle selten als besonders literarisch gelten (es sei denn, man ist seit Geburt zum Mann bestimmt), schon gar nicht, wenn die fraglichen Gefühle gewöhnlich und zwischenmenschlich sind – und damit in den Zuständigkeitsbereich von *Frauen in einer Wohnstube* fallen – oder fleischlich und obsessiv, nahezu ein körperlicher Trieb. Du musstest an Audre Lordes weite Kategorie des Erotischen denken, eine Idee, über die zu der Zeit alle gern diskutierten und die eine Quelle des sinnlichen, nichtrationalen, spirituellen Wissens meint, welche gegen die schieren Logiksysteme ansprudelt, die unseren Alltag diktieren. Lorde schrieb, die Unterdrückung der Frau habe eine historische *Verschüttung des Erotischen zur Folge, einer Quelle von Macht und Wissen.* Darüber hinaus stelle es sich so dar, dass das Erotische, wenn es dann doch Ausdruck finde – und das war die Beschwerde –, oft mit Pornografie verwechselt und abgewertet werde. Vielleicht erklärte das dein defensives Bestreben, dem Persönlichen aus dem Weg zu gehen. Doch wann immer du versucht hast, dich selbst zu objektivieren, begann eine Stimme in dir, dich mit leisem Stöhnen zu verstören und um Subjektivität zu flehen. Die Stimme war so anhänglich wie ein Kind und genauso bange, verlassen zu werden. Sie forderte keinen Namen. Die Wahrheit kümmerte sie nicht. Sie verlangte nur etwas Zeit. Sie lümmelte in den Tiefen unterhalb deines Bewusstseins herum; manchmal hattest du den Eindruck, du wärst dumm und nur die Stenografin. *Gegenseitige Unterstützung eröffnet Frauen die Möglichkeit, frei zu leben und zu sein – nicht um benutzt zu werden, sondern um zu gestalten,* schrieb Lorde an anderer Stelle. So hast du versucht, die Stimme zu hören: als vielschichtigen, anschwellenden Chor,

nicht dein sachliches Ich, sondern unser wahrhaftiges Wir.

4.7

Schon bald schlug das Wetter um. Eine eisige Gelschicht
   brach das Sonnenlicht. Die Straße legte sich

einen Schneeschleier zu, den wir auf knirschenden Runden
   zertraten. Auf der Fifth zählte eine Hand die Sekunden,

bis eine Glocke schlug, eine Zelle Keime einließ,
   der Dow Jones fiel –

und eines Abends sagte ich im Streit empört
   zu ihr: *Du hast mein Leben zerstört,*

und dann hing das, was ich nicht so gemeint, aber
   oft gedacht hatte, in der Leere zwischen uns

wie ein Gift kurz vorm Inhalieren,
   und, einmal eingeatmet, begann es zu kursieren.

4.8

Richtung Upstate erschwerte Schneeregen die Reise.
    Wir fuhren in meinem Auto durch braune, leise

Städte, ihre schlafende Mutter neben mir
    und sie, ebenfalls schlafend, auf der Rückbank hinter mir,

während ich einen Podcast über andere Länder
    und ihre Weihnachtsrituale hörte. Es war Dezember.

Der Himmel war rätselhaft kompakt. Das Airbnb hatte sie
    gefunden, nur vier Meilen bis zu meiner Familie.

Wir wollten Weihnachten zusammen feiern.
    Schlechtes Wetter, Rumgrog am Kaminfeuer,

lange Spaziergänge, Kartoffelgratin, abends die besten
    Gedichte und *Little Women* im nächsten

Kino, gefolgt von Streit und einem Seitenhieb
    gegen Präsentismus, Männer und Meryl Streep.

Mein kleines Haus und der Hof, der Strom
    als Grenzmarkierung. Ich wusste schon,

es würde nicht einfach sein, das wechselhafte Jahr
    mit meinem Zuhause in Einklang zu bringen, das offenbar

tröstlich unverändert blieb. Die Temperatur war gestiegen,
die Stimmung in den Wahllokalen weniger gediegen

als in meiner Kindheit – aber Eichen, Flieder und Verbenen
waren immer noch sie selbst, und so blieben

die Veränderungen auf mich und meine Begleiterinnen
beschränkt. Meine Mutter machte Apfeltarte mit Rosinen,

mein Vater die übliche Anzahl von Witzen.
Silvester kamen Freunde aus Brooklyn,

mit denen wir eine berühmte Höhle besuchten
und im Holzboot durch die dunklen Schluchten

trieben, durch tropfende, pink ausgeleuchtete Kammern
wie durch ein Herz, alles zur Feier der vergangenen

Sonnenumrundung. Aber als ich später abseits saß
und sie ihr Handy für keine Sekunde vergaß,

statt mit uns zu singen, als ich meine Eltern sah
und die anderen Paare, offenbar

sicher verliebt, spürte ich die Vorzeichen
auf mich rieseln wie weichen

Schnee. Etwas stimmte nicht. Es war zu früh,
und statt feierlich fühlte ich mich bemüht,

bloßgestellt und um Punkt zwölf zu ängstlich, sie anzusehen.
Wir würden das Jahr nicht überstehen.

4.9

Okay, nichts ist von Dauer und Leben ist Leid, von Anfang an
   Das Ende war so gequält und lang,

wie es der Anfang gewesen war, lang und gequält,
   besudelt von Streit und mit *Diamond Life* unterlegt.

Ich hoffe, eines Tages wird eine Archivarin
   unsere Textnachrichten aus den nuklearen

Trümmern fischen und sie ausstellen. *So sentimental,*
   wird es heißen, *war der liebende Homo sapiens dazumal.*

In einer davon pries ich ihre Grimassen beim Sex.
   In anderen teilten wir Reisepläne: Triest,

Taipeh, von Hütte zu Hütte am Lago di Como.
   (Wir waren pleite und studierten Karten in SoHo.)

Jede Unterhaltung endete mit Gezanke,
   die Themen blieben gleich: Tat versus Gedanke.

Geld versus Reichtum, und wem was gehörte.
   Das Virus aus den Nachrichten (es könnte

eines Tages auf Nordamerika übergreifen).
   Ihre Zunge, mein Schlitz, ihre Ex, mein Eifern

usw. Die Wurzel waren konflikthafte Dramen,
    die wir nicht genug einhegen konnten: Fragen

nach Lust und Macht und worauf der Glaube zielt,
    oder wer wann die Zügel behielt,

die Oberhand. Und nur wenige Blocks von der Bar
    entfernt, in der wir vor knapp einem Jahr

über *Middlemarch* geplaudert hatten, in einem netten
    Wohnzimmer mit unserer Playlist in Bed-

Stuy, sagte sie: *Was du brauchst, kann dir nicht geben,*
    und wir waren uns einig, zum ersten Mal im Leben.

4.10

Du hast die Zwiebeln durch die heiße Pfanne geschoben und dich gefragt, was du im Leben denn willst. Durch das offene Fenster kämpfte sich Winterluft herein und zog die Dämpfe überm Herd in die Länge. Der Tisch daneben stand im Licht und du hast den ganzen Nachmittag daran gesessen und geschrieben. Du warst getrieben und zu schreiben war fast so erregend wie Sex; du konntest nicht ahnen, welche Gefühle und welche Laute herauskommen würden. Im Bett las deine Freundin dir gelegentlich ein Gedicht von Louise Glück vor, es drehte sich um *echtes inneres Wachstum*. Sie musste es ständig wiederholen, bis du die Verse auswendig konntest: *vor allem kommt es auf den Glauben ans Bemühen an* ... In dem Moment ein Schnauben vor dem Fenster: nebenan war ein Schneebrett vom Dach gerutscht und hatte bleiche Klumpen in euren Garten geklatscht. Von oben war unmöglich zu erkennen,

was der Blumentopf war, der Tisch, die Tonnen.

4.11

Dann war ich allein in meinem Bett. Die Worte
   anderer Leute bohrten sich mir ins Ohr

und leisteten mir Gesellschaft. Vivian Gornick
   zum Beispiel sagte: *Stellen Sie Romantik*

und Liebe ins Zentrum eines Romans,
   und wer käme auf den Gedanken,

die Figuren hätten in diesem Rennen
   etwas Großes zu gewinnen?

Sie argumentierte, dass wir dem heutigen Leben
   weder den Plot von der glücklichen Gattin abnehmen

noch den von der Frau, die sich indirekt
   durch einen neuen Geliebten selbst entdeckt –

wir sind viel zu zerstreut und unsere Institutionen
   zu korrupt. Wir hängen an der Illusion,

wir müssten alles selber machen. Sie
   bezog sich auf die Prosa, auf die Theorie,

Figuren sollten sich manifestieren,
   statt sich so lange zu transformieren,

wie es die Zeit erlaubt, aber so ist es wohl nur im Gedicht,
wo die Figuren praktisch gar nicht

existieren. Ich möchte deshalb in Gedichtform erklären,
dass die Liebe für mich einer der primären

Antriebe zur Selbsterkenntnis war. Sie ist immer noch das,
was den ganzen Rest erträglich macht.

4.12

Kalt, ekstatisch – an der Parfumbar,
    wo ich seit Kurzem Stammkundin war

und die Düfte im Namen ihr Biom
    trugen und der Körper angeblich die Zone

war, in der alles geschah, keine Sache,
    der Sachen zustießen (von der *Ursache*

ganz zu schweigen) – und gerade im Begriff zu kaufen,
    was sich Woodland nannte – *holzig* oder *harzig,*

ein waldhaftes Wort –, sprühte ich mir die aufs Etikett
    genamedropte Judith Butler in den Nacken, kokett

und unverschämt wie eine schöne, sommergrüne Schlampe
    der Sprache ... Oh, ich weiß, wie lächerlich der Gedanke

in dem Moment war: *Ich bin mein eigener Ehemann.*
    Aber ich konnte nicht anders, ich war zu angetan

von mir selbst, geerdet durch eigene Autorität, obschon
    keiner an meiner Seite war und keiner am Telefon.

Was ich sah und hörte, schrieb ich auf, sobald ich zu Haus
    war, gab Details dazu, sättigte Farben, tauschte Wörter aus

und strich und änderte Klänge. Meine Zunge
jubelte auf Höhenflügen, die Erfahrungen

über den Verstand erhoben.
Wie die Zellen wird es für mich ein Wunder bleiben.

Die Liebe fand mich zweimal, und das auf einmal.
Falls sie nie wiederkommt, bin ich immer noch

ein Glückskind. Zu atmen, diese Verse zu tippen,
einer Freundin zu texten, am Tee zu nippen

und zu denken, es würde nicht immer so sein, gewiss,
und trotzdem war es manchmal so. Es ist.

CODA

Du hättest haben können, was du wolltest,
   hättest du es nur gewollt.

Bei Sonnenuntergang durch den Park. Platanen,
   Wind. Kinder auf Schaukeln und Rutschbahnen

klingen, wie es nur die Menschheit schafft.
   Sieh mal, alles hält sich an die Schwerkraft

und erreicht deine Wahrnehmungsorgane
   je nach Sauerstoffgehalt der Luft und Farbe

des Lichts ... du beißt in einen Apfel und sehnst dich
   nach etwas Erdnussbutter, weil sie vorzüglich

dazu passt. Na und? Du hast deine Vorlieben.
   Ein vertraut wirkender Mann ist vom Rad gestiegen,

daneben palavernde Vögel auf dem Ast einer Ulme,
   über die, wie du jetzt erst merkst, Marianne Moore

geschrieben hat. Zwei Elemente ergeben noch lange kein
   Muster. Du hast teuer bezahlt für die Erfahrung,

wie dein Leben sein könnte, und dann zugeben
   müssen, dass es nicht das Wahre war, es war eben

okay und gehörte zum Kontinuum.
   Die große Stadt um dich herum

platzt fast vor solchen Geschichten,
   der eigentliche Grund dieser unheimlichen

Elektrisierung, dieser Verführungskraft. Und natürlich
   die Bagels. Du gehst weiter, trainierst wie üblich

den Beckenboden, siehst eine Hochzeit im Bootshaus
   an der Lullwater Bridge, nach der dieser Teil des Sees

benannt ist. Dass du wieder verlierst,
   steht jetzt schon fest, denn was du auch probierst,

nicht zu begehren fällt dir schwer.
   Tauch gern den Fuß ein, niemand sieht her.

ANMERKUNGEN

Das Motto stammt aus Edna St. Vincent Millays Gedicht »Liebe ist nicht alles«.

Das gekürzte Zitat aus George Eliots *Middlemarch* in 1.2 lautet in voller Länge: »Doch jeder, der die geheime Konvergenz menschlicher Schicksale aufmerksam beobachtet, erkennt, wie sich Wirkungen des einen Lebens auf ein anderes langsam anbahnen, was uns wie berechnete Ironie anmutet bei dem gleichgültigen, frostigen Blick, mit dem wir unseren Nächsten, der uns nicht vorgestellt worden ist, ansehen. Das Schicksal steht hohnlächelnd mit unserer ›dramatis personae‹ in der Hand daneben.«

Das in 1.8 zitierte Interview mit Jamaica Kincaid hat Belinda Luscombe für *Time* geführt. Der nachfolgende Hinweis von Natalia Ginzburg findet sich in ihrem Buch *Familienlexikon*, Wagenbach 2001.

Die Verse von Adrienne Rich in Abschnitt 2.3 stammen aus dem Gedicht XVII, erschienen in *Twenty-One Love Poems*.

Bei dem in 2.9 erwähnten Song handelt es sich um »Cadmium« von Pinegrove. Die Sätze von Rachel Hadas in Abschnitt 3.6 stehen in ihrem Essay »Poems and Dreams«, veröffentlicht in *Merrill, Cavafy, Poems, and Dreams*.

Die in 3.8 erwähnte Musik ist von Will Smith (*Big Willie Style*), dem Wu-Tang Clan (*Enter the Wu-Tang*), den Beach Boys (*Smiley Smile*) und Michelle Branch.

Das Buch von Nathalie Léger, aus dem ich in Abschnitt 3.12 zitiere, nennt sich *Supplément à la vie de Barbara Loden*, der in diesem Zusammenhang erwähnte Loden-Film heißt *Wanda*. Rachel Cusk zitiere ich aus *Kudos*, Suhrkamp 2008.

Die Referenz auf June Jordan in 4.1 geht auf das Gedicht »When I or Else« zurück.

Der Begriff »Verheißung« in 4.3 ist aus Willa Cathers Roman *Unter den Hügeln die kommende Zeit*, Goldmann Verlag 1993, ebenso die Definition von Glück. Der Ausdruck »lange Furchen der Fruchtbarkeit« stammt aus Cathers Roman *Meine Antonia*. Die zitierten Passagen über das Licht finden sich in *Death Comes for the Archbishop*, Cathers Buch über den Priester, von dem weiter unten die Rede ist.

Der in 4.6 zitierte Abschnitt stammt aus Virginia Woolfs *Ein Zimmer für sich allein*, Anaconda 2022. Audre Lorde zitiere ich aus ihrem Essay »Vom Nutzen der Erotik: Erotik als Macht«, *Sister Outsider*, Hanser 2021. Ihre Äußerungen zu Frauen und gegenseitiger Unterstützung finden sich in »Die Werkzeuge der Herrschenden werden das Haus der Herrschenden niemals einreißen«.

Diamond Life in 4.9 ist ein Album von Sade.

Das Gedicht von Louise Glück (4.10) heißt »Das leere Glas«.

In 4.11 zitiere ich aus Vivian Gornicks Essay »The End of the Novel of Love«.

DANK

Dieses Buch habe ich den Bemühungen vieler Menschen zu verdanken. Ich danke dem genialen Milo Walls, der meine Texte mutiger und cleverer gemacht hat, und Jane Feaver für ihre außerordentliche Sorgfalt. Jonathan Galassi und Matthew Hollis waren meine heldenhaften Hirten. Ich danke meiner visionären Agentin Marya Spence und den unermüdlichen Teams von FSG und Faber.

Joe Goodale, Rachel Mannheimer und Daniel Poppick haben dieses Buch mit unfassbarem Engagement gefördert. Maureen McLane und Meghan O'Rourke haben entscheidendes (und brillantes) frühes Feedback beigetragen. Aria Aber, Noah Baldino, Catherine Barnett und Elisa Gonzalez haben mich inspiriert und mich durchhalten lassen. Ich danke euch allen.

Große Teile dieses Buchs entstanden während meiner Fellowships an der Bucknell University und der Colgate University. Ich bin Peter Balakian, Jennifer Brice, Andrew Ciotola, K. A. Hays, Chet'la Sebree und G. C. Waldrep für ihre Zeit und die finanzielle Unterstützung zu innigstem Dank verpflichtet. Ich danke meinen Dozentinnen und Kommilitonen vom MFA-Programm der NYU für ihre Weisheit und ihren Glauben, allen voran Edward Hirsch, Deborah Landau, Francisco Márquez und Madeleine Mori.

Ich danke den Redaktionen und Mitarbeitenden der folgenden Zeitschriften, die Passagen meines Buches vorab und teils in veränderter Fassung veröffentlicht haben: *Astra, Boaat, BOMB, Denver Quarterly, Freeman's, Literary Hub, n+1,*

Narrative, The Nation, The Paris Review und *Poetry*. Andere unverzichtbare Mutmacherinnen und Ansprechpartner waren Ama Codjoe, Ed Dadey, Kate Davis, Will Epstein, Tracy Fuad, Anna Journey, Laura Kasischke, Katie Kirkland, Jessica Laser, Sarah Wagner Miller, Jessica Marion Modi, Emma Ramadan, Lucy Schiller, David St. John und der verstorbene C. D. Wright.

Ich danke meinem traumhaften Freundeskreis, insbesondere Travis Lloyd, Nina Ruelle und Kiana Ward für ihre Geduld.

Ich danke Noah, dessen Wohlwollen, Integrität und Vertrauen mich zu der gemacht haben, die ich heute bin. Ich bin jeden Tag dankbar für dich. Ich danke Hannah für ihre Liebe und ihr gutes Beispiel, und dafür, dass sich die Welt ihretwegen neu anfühlt. *Die Würde des Seins:* ja.

Ainara, deinetwegen ergibt alles einen Sinn. Danke für deine Liebe und für unser Leben. Und zuletzt danke ich meiner wundervollen Familie, besonders meinen Brüdern und meinen Eltern, die mir als Erste gesagt haben, dass ich eine Autorin bin. Was für ein unglaubliches Glück, eine von euch zu sein.

www.klett-cotta.de

Rachel Yoder
Nightbitch
Roman
Aus dem Amerikanischen von Eva
Bonné
304 Seiten, gebunden mit Schutz-
umschlag
ISBN 978-3-608-98687-7

»Unfassbar, klug und lustig«
Bonnie Garmus

Eine Galeristin tauscht ihr aufregendes Berufsle-
ben gegen den eintönigen und überfordernden Job
als Vollzeitmutter. Doch der Drang, ihr Leben mit
Kind gegen jede Konvention ungezähmt und frei
zu gestalten, wird immer stärker – bis sich eine
völlig neue Identität Bahn bricht. Dieser brillante
Roman erzählt auf unerhört komische Weise
davon, wie viel zu gewinnen ist, wenn man sich
auf die monströsen Seiten der Mutterschaft ein-
lässt.

Pirkko Saisio
**Das rote Buch der
Abschiede**
Roman
Aus dem Finnischen von Elina Krit-
zokat
304 Seiten, gebunden mit Schutz-
umschlag
ISBN 978-3-608-98725-6

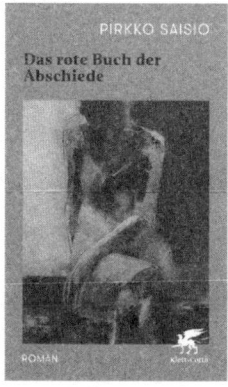

»Pirkko Saisio ist vermutlich die beste
lebende Autorin Finnlands. Sie ist
weise, tiefgründig, komisch, gebildet,
und natürlich eine göttliche Erzähle-
rin.« *Aamulehti*

Pirkko Saisios preisgekrönter Roman erzählt von
einer sexuellen und künstlerischen Befreiung.
Ihre Protagonistin sucht in Helsinki nach der
Liebe und kämpft um Selbstbestimmung – zu einer
Zeit, in der Kunst und Kommunismus eine unheil-
volle Allianz bilden und queere Liebe nur im
Untergrund stattfindet. Die Entdeckung des Werks
von Pirkko Saisio ist eine literarische Sensation.

Raphaela Edelbauer
Die Inkommensurablen
Roman - Nominiert für den
Deutschen Buchpreis 2023
352 Seiten, gebunden mit Schutz-
umschlag, Lesebändchen
ISBN 978-3-608-98647-1

»Ein überragendes Talent. Die Ameri-
kaner haben Joyce Carol Oates als
erzählerisches Universalgenie, wir
haben Raphaela Edelbauer.«
Clemens Setz

In fiebriger Erregung warten die Einwohner Wiens
am 31. Juli 1914 das Verstreichen des deutschen
Ultimatums ab. Unter ihnen sind vier, deren
bekannte Welt zu zerfallen droht: Der Pferde-
knecht Hans, der adlige Adam, die Mathematike-
rin Klara und Helene, eine Psychoanalytikerin.

»Edelbauers Roman ›Die Inkommensurablen‹ ist
mit allen literarischen Wassern gewaschen. Natürlich auch mit denen der großen Weltliteratur.«
Andreas Platthaus, Frankfurter Allgemeine Zeitung